おつきのもの

おくがたさま

おつきのもの

バスの
うんてんしゅさん

おとのさま、スキーにいく

中川ひろたか・作
田中六大・絵

ここは、おしろの天《てん》しゅかく。

朝早《あさはや》く、一台《いちだい》のバスが、おしろの前《まえ》にとまりました。

「さんだゆう、なんじゃ、あの大《おお》きなものは」

「あれは、バスですな」

「バス？　ふろのことか」

「ふろでは、ございません。車《くるま》です。しかし、車《くるま》のバスを知《し》らない人《ひと》が、よくふろのバスを知《し》ってましたなぁ」

「たまたまね。あれ、さんだゆう。バスに、たくさん人《ひと》があつまってきているよ」

「ほんとですなぁ」

「みんな、なんかかついでおるが」

「ああ、との、スキーです」

「さんだゆう、このごにおよんで、なにをもうす。てれるではないか」

おとのさまの顔《かお》は、もう、まっ赤《か》です。

「なにをって、スキーですよ。スキー」

「やめなさい。大《おお》きな声《こえ》で、
そう、すきすき言《い》われたら、
しろのものがなんて思《おも》うか。

おくさんに聞《き》かれでもしたら、

そりゃ、一大事《いちだいじ》だよ」
「すき？　すきじゃありません。
スキーです。雪《ゆき》の上《うえ》をすべる
道具《どうぐ》です」
「なんと。わしのことが
すきではないのか。つまらんのぉ」
「もちろん、おしたいもうしあげております。
ですが、わたくしは、とののけらいですから、
すきとかきらいとか、そういうことはございません」
「けらいときらいをかけたの？　さんだゆう、今年《ことし》で一番《いちばん》お

もしろいこと言《い》ったのう。で、そのスキーとやら、楽《たの》しいのか？」

「雪《ゆき》の上《うえ》をすべるので、ころびやすいのですが、じてんしゃと同《おな》じで、れんしゅうしてすべれるようになれば、ひじょうに楽《たの》しいスポーツですな」

「さんだゆうは、やったことがあるの？」

「は、わかいころに少《すこ》し。たしか、くらにわたくしのスキーの道具《どうぐ》があるはずでございます」

「おう、見《み》せて見《み》せて」

二人《ふたり》は、おしろのくらに行《い》きました。

「たしかこのへんに……、おう、ありました、ありました」

さんだゆうのスキーは、すみっこに立《た》てかけられていました。

「との、これがスキーでございます」

さんだゆうは、ふくろからスキーを出《だ》しました。

「二《に》まいあるね」

「そうですね。二《に》まいつかいます」

「一《いち》まい、かしてよ」

「いえ、右足《みぎあし》に一《いち》まい、左足《ひだりあし》に一《いち》まいずつはくので、おかしすることはできません」

「わしはとのさまだよ。なにをぬかすか」

「スキーとは、そういうものなのでございます。二《に》まいでワンセッ

トなのですね」

「ワンセットって、ゆうやけか」

「それはサンセット」

「サンセットって、三《みっ》つのセットか」

「との、話《はなし》がまったくすすまないじゃないですか」

「とにかく、わしもスキーがほしい。買《か》いにいこうよ、さんだゆう」

「そう来《く》ると思《おも》ってました」

二人《ふたり》は、さっそく、町《まち》に出《で》かけました。お店《みせ》にむかって歩《ある》

いていると、むこうのほうから、大《おお》きなにもつをかかえた女《おんな》の人《ひと》が、三人《さんにん》やってきました。

「あ、おくがたさま」

「やば！　スキーを買《か》いにいくところなんか見《み》られたら、なにを言《い》われるかわからん。ここにかくれよう」

二人《ふたり》は、お店《みせ》のかんばんのかげにかくれました。

おくがたさまとおつきのものは、二人《ふたり》に気《き》づかずにそこを通《とお》りすぎました。

「ふー、あぶないところだった」

「なにも、そんなに、こそこそすることないじゃありませんか」

「ま、そうなんだけどね」

「さ、ここがスキーのお店《みせ》ですな」

「スキー、いっぱいあるね」

「目《め》うつりしますな」

「どれがいいのか、わかんないね」

そこに、店員《てんいん》さんがやってきました。

「どのようなものを、おさがしですか？」

「すべってもころばないスキーがいいなぁ」

「ざんねんながら、そのようなスキーはございません」

「あ、そうなの？　じゃ、ころばぬさきのつえみたいなのがあると、ころばなくてすむかもね」

やろうぜ！
スキー
つるつるスキー

「ああ、それでしたら、ストックという、ま、つえみたいなものもつかいますが、しょしんしゃの方《かた》は、それでもたいていころばれます」

「ああ、じゃ、ほじょりんついてるスキーってある？　じてんしゃにはあったよね、さんだゆう」

「との、そういったものは、ス

キーにはございません」

「スキーって、なんかつめたいね」

「冬《ふゆ》のスポーツですから、やっぱりつめたいのですな。ハハハ」

　さんだゆうは、自分《じぶん》の言《い》ったことに、一人《ひとり》でわらいました。

「なので、との、どうせころぶんですから、いっそのこと、はでかっこいいのにしましょうよ」

「ふーん、そうね。どうせころぶなら、はでにころんだほうがいいものね。じゃ、これなんかどうかなぁ」

　おとのさまが、いなびかりのもようの入《はい》った、赤《あか》いスキーを手《て》にとると、すかさず店員《てんいん》さんが言《い》いました。

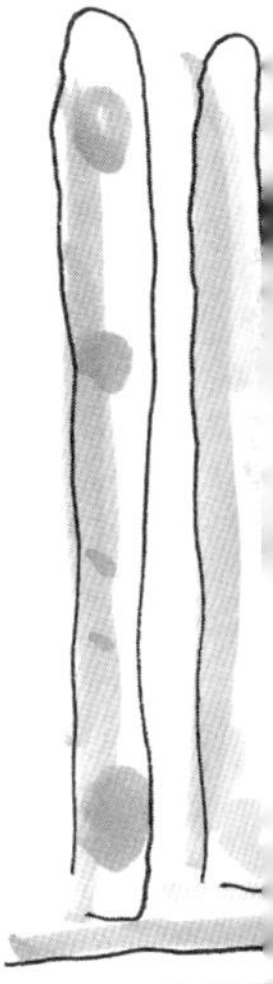

「あ、それは、今《いま》一《いち》番《ばん》人《にん》気《き》のしょうひんでして、しかも、少《すこ》しおやすくなっております」

「あ、そう。じゃ、これちょうだい」

「ありがとうございます」

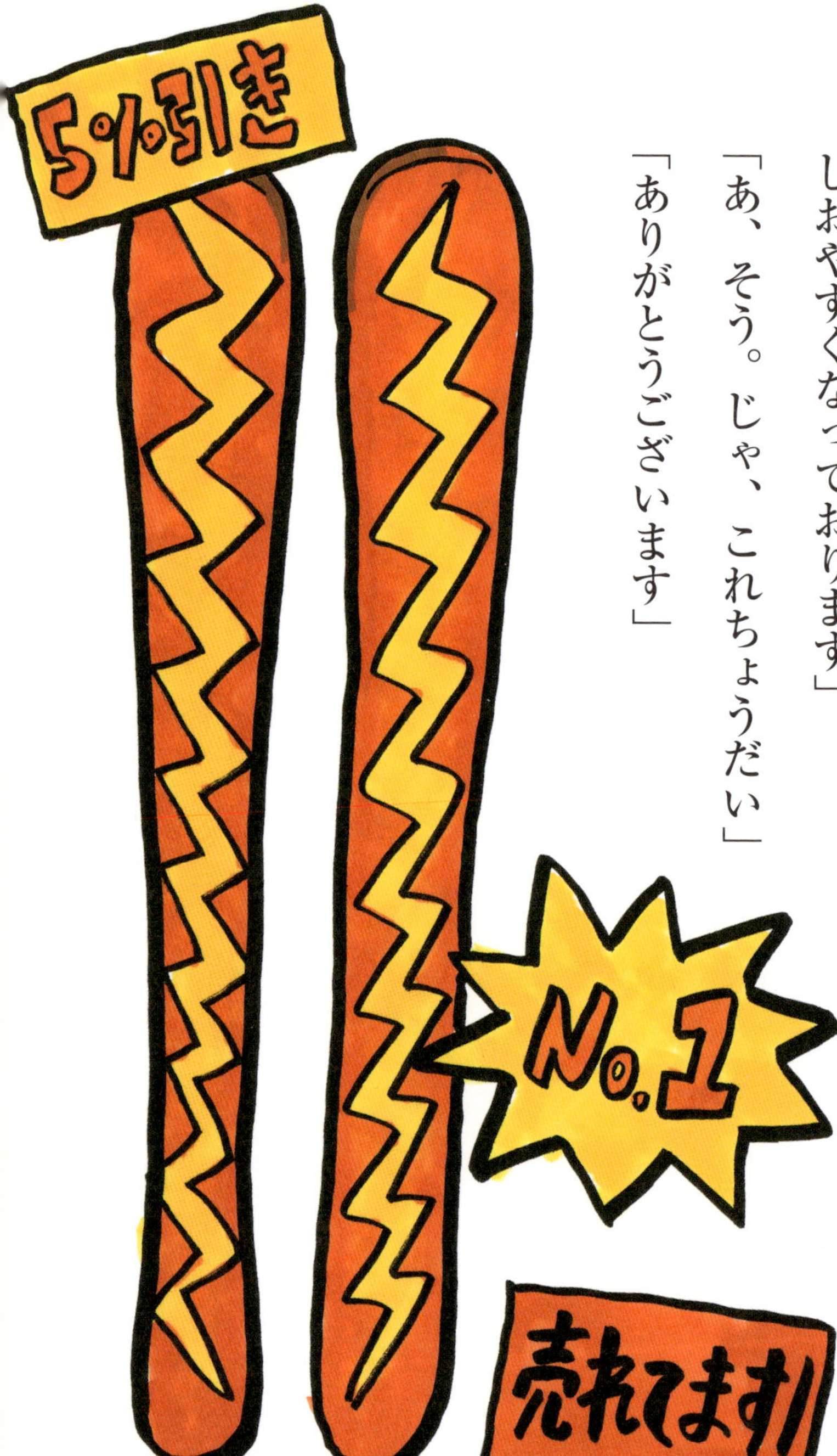

二人《ふたり》は、つぎにスキーウエアを見《み》にいきました。

「今度《こんど》は、なに、さんだゆう」

「スキーウエアです。スキーは雪《ゆき》の上《うえ》をすべるので、ちゃんとしたものをきないと、さむいし、ふくの中《なか》に雪《ゆき》が入《はい》ってつめたいのです」

「もう、なんでもいいよ」

おとのさまは、少《すこ》し買《か》いもの

にあきてきました。
「との、れいのいなびかりのウエアがありますぞ。おそろいに
なさったら、かっこよいかと思《おも》われます」
「うん、わかった、わかった。それにしよう」

さんだゆうも、おとのさまと色《いろ》ちがいのスキーウエアを買《か》うと、二人《ふたり》は、おしろに帰《かえ》りました。

さて、おしろにもどった二人《ふたり》は、さっそくスキーウエアにきがえてみました。

「どう？　少《すこ》しはでじゃない？」

「いやぁ、スキー場《じょう》に行《い》けば、たいして気《き》にならなくなるものです。このくらいのほうがいいのです」

「そう？　じゃ、外《そと》でスキーもはいてみようよ」

おとのさまは、スキーをもって、にわに出《で》ていきました。

おとのさまは、さんだゆうに手伝《てつだ》ってもらいながら、スキーをはきました。

「ぜんぜん、だいじょうぶ。ぜんぜん、ころばない。スキーって、かんたんだね」

「との、それは、草《くさ》の上《うえ》だからです。雪《ゆき》の上《うえ》だと、こうはいきません」

「そうなの?」

翌朝《よくあさ》、おしろの前《まえ》にバスがやってきました。
すでに、スキーきゃくが、たくさんあつまっています。

おとのさまとさんだゆうも、にもつをもって、バスのり場《ば》に行《い》きました。

バスのおなかが大《おお》きくあいて、うんてんしゅさんとバスガイドさんが、どんどんにもつを入《い》れていきます。

「さぁ、バスにのりましょう」
と、さんだゆうが、おとのさまにむかって
言《い》いましたが、おとのさまがいません。
「との～、との～」
　さんだゆうがさけぶと、
「なに？　さんだゆう」
と、つみかさなった
にもつのおくから、
おとのさまの
声《こえ》がしました。

「との、そんなところで、なにをしてるんですか」

「なかなかせまいぞ、さんだゆう。どのくらいの時間《じかん》、ここにおらねばならぬのじゃ」

「との、ここは、にもつを入《い》れるところです。人《ひと》は、上《うえ》のざせきにすわるのです」

「ああ。そうなのね。それは、

よかった」
おとのさまは、頭《あたま》をかきながら出《で》てきました。

バスのかいだんをのぼると、すでにたくさんの人《ひと》が、せきについていました。みんな楽《たの》しそうに話《はなし》をしたり、もう食事《しょくじ》をしている人《ひと》もいます。

バスにのったのは、おとのさまとさんだゆうが、さいごでした。

二人《ふたり》のせきは、一番前《いちばんまえ》。二人《ふたり》がせきにつくと、さっきのうんてんしゅさんとバスガイドさんがのってきました。

バスガイドさんは、さっそくマイクのスイッチを入《い》れて、話《はな》しはじめました。

「みなさん、こんにちは。本日《ほんじつ》は、やまねこツーリストのバスツアーにごさんかいただき、まことにありがとうございます。わたくし、スキー場《じょう》までご案内《あんない》させていただきます、ガイドの、ふゆのゆき、ともうします。そして、うんてんしゅは、きみだかずお。現地《げんち》まで、あんぜんうんてんで、みなさまをおつれいたします。どうぞよろしくおねがいいたします」

すると、バスは、しずかにうごきはじめました。

いよいよ、出発《しゅっぱつ》です。

「さんだゆう、なんか、わくわくするなぁ」

「そうですね」

そう、二人《ふたり》で話《はな》していると、後《うし》ろのほうのおきゃくさんが、大《おお》きな声《こえ》で言《い》いました。

「バスガイドさん、ひとつ歌《うた》でもうたってよ」

「おお、いいね、いいね」

みんなも、はやしたてました。

「そうですか。では、一《いっ》きょくうたわせていただきます。聞《き》いてください、『スキーむすめ』です」

♪わたしは　こいする　スキーむすめ
りんごのような　ほっぺして
今日《きょう》もすべるの　ちょっかっこう

あなたは　すてきな　スキー男子《だんし》
アボカドみたいな　雪《ゆき》やけで
今日《きょう》もすべるの　しゃかっこう

わたしの心《こころ》は　ちょっかっこう
あなたの心《こころ》は　しゃかっこう

わたしは　こいする　スキーむすめ〜♪

「ありがとうございました」

ガイドさんは、ふかぶかと、おじぎをしました。

「ガイドさん、歌《うた》うまいねぇ。もう一《いっ》きょくうたってよ」

さっきのおじさんが言《い》いました。

「ありがとうございます。でも、今度《こんど》は、おきゃくさまのお歌《うた》を聞《き》かせてくださいませ。うたってくださる方《かた》、いらっしゃいましたら、ぜひ、手《て》をあげてください」

ですが、ガイドさんがそう言《い》っても、だれも、手《て》をあげま

せん。

「……どなたか、いらっしゃいませんか？」

みんな、ガイドさんと目《め》を合《あ》わせないように、まどの外《そと》や、下《した》を見《み》ています。

そんなとき、ガイドさんは、一番前《ばんまえ》にすわっているさんだゆうと、目《め》が合《あ》いました。

「おきゃくさま、一《いっ》きょくいかがですか？」

「はあ……まあ、いや、しかし」

「そう、えんりょなさらずに」

「うーん……。では」

と、さんだゆうが、立《た》ちあがりました。

「え？　さんだゆう、うたうの？」

「だって、だれかうたってあげないと、ガイドさんがかわいそうですから」

「ほんと？　やめたほうがいいんじゃない？　みんなどうなっても知《し》らないよ」

「との、ご安心《あんしん》ください。今日《きょう》は、ひかえめにいたしますので」
そう言《い》うと、さんだゆうは、マイクをもってうたいはじめました。
♪雪《ゆき》よ
きみは　なんで
白《しろ》い
雪《ゆき》よ
きみは　なんで
つめたい〜〜〜

すると、後《うし》ろのほうで「うわー」というひめいが上《あ》がりました。

おそるおそる、おとのさまが見《み》てみると、ぜんいんが頭《あたま》をかかえて、ふるえています。「う〜」という、うめき声《ごえ》も聞《き》こえてきます。

「たすけてくれ～」

「頭《あたま》がわれるぅ～」

「もう、もう、おねがいだぁ、
かんべんしてくれ～」

うんてんしゅさんは、道《みち》のはしに
バスをとめて、ハァハァしています。
「だれか、やめさせてくれ！」
その声《こえ》に気《き》づいて、さんだゆうは、
ようやくうたうのをやめました。
ゆかにへたりこんだバスガイドさんも、
よろよろと立《た》ちあがり、
「あ、あ、ありがとうございました。わたくし、少《すこ》しバスによっ
てしまったようです。ちょっとしつれいします」
そう言《い》うと、そのままねてしまいました。

バスのじょうきゃくも、つかれきって、気《き》をうしなったようにねむりにつきました。

ですが、うんてんしゅのきみださんは、うんてんしなければなりません。水《みず》を一口《ひとくち》ごくりとのんで、ゆっくり走《はし》りはじめました。

「さんだゆう、あれのどこがひかえめなの……」

「ははは、やはりうたいはじめると、調子《ちょうし》が出《で》てきてしまうもんですな」

やがて、バスのまどから、スキー場《じょう》が見《み》えてきました。

一面《いちめん》のぎんせかいに、おとのさまもびっくり。

「わし、こんなにたくさんの雪《ゆき》を見《み》るの、はじめてかも」

「そうですか。それはよかったです」

バスは、おんせんりょかんにつきました。

バスのじょうきゃくは、にもつをおろして、りょかんのへやに入《はい》ります。

「さあ、との、スキーウエアにきがえましょう」

「え？　おんせんじゃないの？」

「明《あか》るいうちにスキーをして、そのあと、おんせんでつかれをいやす。スキーりょこうとは、そういうものでございます」

「あ、そう。じゃ、きがえようか」

りょかんの目《め》の前《まえ》が、すぐ、スキー場《じょう》です。

ゲレンデに出《で》て、さんだゆうが言《い》いました。

「それでは、スキーをはきましょう」

「うん、ワクワクするぅ」

「さあ、わたしのかたにつかまってください。まず、左《ひだり》の足《あし》を、ここにガシャン。できましたか？　はい、つぎは、右《みぎ》の足《あし》を、ここにガシャン」

「よし、はけたぞ、さんだゆう」

「それでは、かたにおいた手《て》を、はなしてみてください」

おとのさまが、そうっと手《て》をはなすと、

おとのさまは、しゃがんだしせいのまま、ゆるやかなさかを下《くだ》っていって、そこにあったシラカバの木《き》をだっこするように、

むねとおなかを、いやってほど、うってしまいました。

「あいたたたた。なんじゃこれは。スキーって、ほんとよくすべるのう。立《た》てないよ、さんだゆう。って、こら、なにをわらっておる。いつまでもわらってないで、早《はや》くたすけておくれよ」

「ははは、との、だいじょうぶですか」

「だいじょうぶじゃないよ。どうしたらいいの、これ」

「では、こっちに行《い》きましょう」

おとのさまは、さんだゆうに手《て》をとってもらいながら、たいらなところに行《い》きました。

「さあ、一人《ひとり》で立《た》てますか？」
「こうなら立《た》てるが」
おとのさまは、
よつんばいになりました。

「との、うまれたての子馬《こうま》
じゃないんですから、
それでは立《た》ったことになりません」

「こうなったら、もう、リフトにのりましょう」

「え？　立《た》てもしないのに、いきなりだいじょうぶ？」

「だいじょうぶです。わたしも、はじめてのとき、すぐにリフトにのせられました。こわくても、どうにかこうにか、山《やま》を下《くだ》っていくうちに、なんとなくすべれるようになったものです。さ、行《い》きましょう」

　リフトにのると、スキー場《じょう》が見《み》わたせます。

　上手《じょうず》にすべっている人《ひと》がいます。

「ああ、あんなふうにすべれたら、気《き》もちいいだろうなぁ」

　おとのさまは、つぶやきました。

やがて、リフトは山《やま》のてっぺんにつきました。
おとのさまは、さんだゆうの手《て》をかりて、リフトをおりました。
ここからふもとまで、なんとかおりていかなくてはなりません。

「さあ、わたしの手《て》をとって、立《た》ってみてください」
おとのさまは、よろよろと、でもなんとか、立《た》つことができました。

「それでは、まず、ここから
あの木《き》まで、ゆっくりななめ
にすべってみましょうか」
「こうか」
「おう、そうでございます」
ストックをつかって、ゆっ
くりですが、すべることがで
きました。
「やったー！　できたー！」
おとのさまは、よろこびま

した。

　すると、そこに「ヒャッホー！」と言《い》いながら、一人《ひとり》のわかものが、ものすごいいきおいですべってきました。

「あぶなーい！」

さんだゆうがさけびましたが、わかものは、なにくわぬ顔《かお》で、スルリとおとのさまのよこをすりぬけていきました。

おとのさまは、あまりのことにおどろき、ころんでしまいました。

「ワーーッ！」

ごろごろごろごろころころがっていくうちに、おとのさまは、大《おお》きな雪玉《ゆきだま》になって、下《くだ》っていきました。

ころがっていく先《さき》に、三人《さんにん》の女《おんな》の人《ひと》が立《た》っています。

「あぶなーい！」

おいかけてきたさんだゆうの声《こえ》に、女《おんな》の人《ひと》たちはふりかえりましたが、雪玉《ゆきだま》になったおとのさまは、すぐ目《め》の前《まえ》です。

すると、おすもうさんのようにおおがらな一人《ひとり》が、みんなの前《まえ》に立《た》ちはだかり、雪玉《ゆきだま》を「どすこーい」とうけとめました。

雪玉《ゆきだま》は、かんたんに止《と》まり、その人《ひと》は、なにごともなかったかのように、ふくについた雪《ゆき》をパッパッとはらいました。

「との、との、だいじょうぶですか～」

と、さけびながらやってくるさんだゆうに、サングラスをかけた女《おんな》の人《ひと》が言《い》いました。

「とのですと？　そういうあなたは、さんだゆう」

「あらら、おくがたさま」

「おくがたさま？」

雪玉《ゆきだま》から顔《かお》を出《だ》した、
おとのさまが言《い》いました。

そして、そこにいた女《おんな》の人《ひと》の
顔《かお》を見《み》て、びっくり。

「おくさん……」

「との、こんなところでなにをしているのですか」

「ああ、さんだゆうとね、スキーしに来《き》たんだけど、スキーってむずかしいですね。ころがってばかり。ところで、おくさん、

お元気《げんき》ですか？」

「お元気《げんき》ですかじゃないわよ。それより、との、そのめくれたちょんまげ、なんとかしてくださいな。ああ、はずかしい。

さ、こんなことしてたら、時間《じかん》がもったいない。わたしたち女《おんな》だけで、おんせんに行《い》きましょう。

では、ごめんあそばせ」

おくがたさまはそう言《い》うと、おつきの二人《ふたり》を引《ひ》きつれて、シャーッとすべっていってしまいました。

「おくがたさま、いつの間《ま》に、あのようにすべれるようになったんでしょう。おそらくなんどもスキーに来《き》てますな」

「そっかぁ、おんせんかぁ。わしらも男《おとこ》どうし、行《い》くとするかぁ」

「え、との、スキーはもう
おしまいですか？」
「うーん、わしは、スキーよりも、
おんせんのほうがすきー」
「ははは、とのったら、
うまいことをおっしゃる」
おとのさまと、さんだゆうは、
スキーをかたにかついで、
歩《ある》いてりょかんに帰《かえ》りました。

中川ひろたか（なかがわ　ひろたか）

1954年生まれ。シンガーソング絵本ライター。保育士として5年間の保育園勤務ののち、バンド「トラや帽子店」リーダーとして活躍。1995年『さつまのおいも』（童心社）で絵本デビュー。歌に『にじ』『みんなともだち』『世界中のこどもたちが』ほか。作品に、自叙伝『中川ひろたかグラフィティ』（旬報社）、詩集『あいうえおのうた』（のら書店）、絵本『ともだちになろうよ』（アリス館）、幼年童話『おでんおんせんにいく』「おとのさま」シリーズ（共に佼成出版社）ほか多数。

田中六大（たなか　ろくだい）

1980年生まれ。漫画家・イラストレーター。多摩美術大学大学院修了。「あとさき塾」で絵本創作を学ぶ。『ひらけ！なんきんまめ』（小峰書店）のさし絵でデビュー。絵本の作品に『だいくのたこ8さん』（くもん出版）、『でんせつの いきものを さがせ！』『うどん対ラーメン』（共に講談社）、童話のさし絵に「日曜日」シリーズ（講談社）、「おとのさま」シリーズ（佼成出版社）、漫画の作品に『クッキー缶の街めぐり』（青林工藝舎）がある。

おはなしみーつけた！シリーズ

おとのさま、スキーにいく

2016年12月15日　第1刷発行
2021年 3 月20日　第2刷発行

作　　中川ひろたか
絵　　田中六大
発行者　中沢純一
発行所　株式会社 佼成出版社
〒166-8535 東京都杉並区和田 2-7-1
電話（販売）03-5385-2323
（編集）03-5385-2324
URL https://www.kosei-shuppan.co.jp/

印刷所　株式会社 精興社
製本所　株式会社 若林製本工場
装　丁　無量小路香乃古

ISBN978-4-333-02749-1 C8393 NDC913/64P/20cm

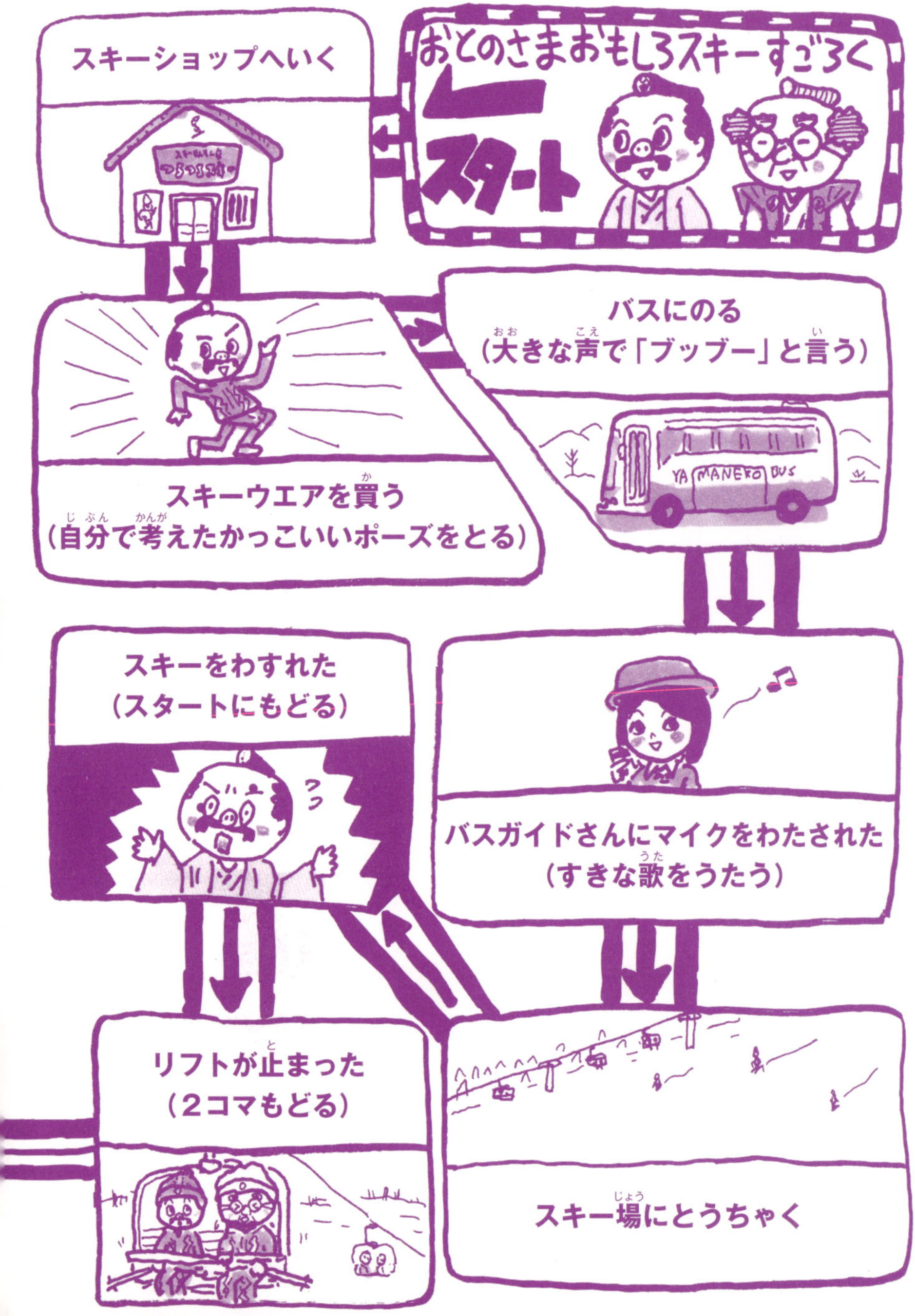
おとのさまおもしろスキーすごろく
スタート
スキーショップへいく
スキーウエアを買《か》う
(自分《じぶん》で考《かんが》えたかっこいいポーズをとる)
バスにのる
(大《おお》きな声《こえ》で「ブッブー」と言《い》う)
YA MANERO BUS
バスガイドさんにマイクをわたされた
(すきな歌《うた》をうたう)
スキー場《じょう》にとうちゃく
スキーをわすれた
(スタートにもどる)
リフトが止《と》まった
(2コマもどる)